당신, 원본인가요

시와소금 시인선 · 144

당신, 원본인가요

이 광 시조집

시와소금

이 광 약력

- 2007년 〈국제신문〉 신춘문예 당선.
- 시조집으로 『소리가 강을 건넌다』, 『바람이 사람 같다』가 있음.
- 현대시조 100인선으로 『시장 사람들』이 있음.
- 부산시조 작품상, 이호우 시조문학상 신인상, 나래시조문학상 수상.

- 전자주소 : lksijo@hanmail.net

| 시인의 말 |

시는 오는 것이며

또한 함께 가는 것

겨레시 시조와의 동행이

나의 길을 보다 시답게 한다

사랑한다, 당신

2022년 여름
이 광

| 차례 |

제2부

제3부

제4부

제5부

▌작품해설 | 유성호

제 1 부

옹벽

비탈진 생을 안고
무너지지 말자, 우리

서로가 기대가며
하루하루 쌓은 다짐

무가내 퍼붓는 빗줄기
이 악물고 견딘다

비 온 뒤

이대로

진창으로 살아가진 않을 거다

내 안의

흙탕물은 탕약 삼아 달일 거다

당신이

평안히 걸을 황톳길이 될 거다

겨울 저수지

본디 내 모습은 물 아래 묻어두고
누군가의 둑이 되어 살기로 작정했다
긴 가뭄 드러낸 바닥 주저앉기 전까진

가둬둔 게 아니었다 끌어안은 것이었다
가슴이 잠기도록 품속에 채운 나날
저 들녘 목말라할 땐 아낌없이 젖 물렸다

줄 것도 거둘 것도 이제 더는 없다는 듯
수위가 남긴 자국 지워버린 몸뚱어리
한 생을 마르도록 산 수많은 둑이 있다

유리창

별 좋은 한낮이나 소쩍새 우는 한밤
홀로는 괜히 설워 창가에 서곤 했다
내 안이 바깥을 향해 말 걸고 싶던 시절

푸른 봄 창에 깃든 하늘에도 뭉클했고
옥외등 들뜬 불빛 덩달아 잠 설쳤다
비 내려 김이 서리면 손끝으로 그린 얼굴

빈 듯 가득 찬 듯 세상살이 얼비추고
따뜻이 감싸주다 싸늘하게 식은 표정
한순간 깨어지는 생 몸소 본도 보였다

창 너머 바라보던 아스라이 먼 훗날들
어느덧 다 흘러가 꿈인 듯 맴도는 밤
내 안이 할 말 있는지 창가로 불러낸다

가위바위보

불끈 쥔 주먹으로
들이밀 걸 헤아리고

두 손가락 선뜻 펴서
순순히 내미는 너

네 앞에
활짝 펼칠 손
준비 못한 내가 졌다

축지縮地

지팡이 쥔 어르신 오르막 올라간다

힘들여 떼는 걸음 눈빛으로 미는 동안

바람도 앞질러 가서 등 뒤를 떠받친다

다가서는 인기척에 그가 슬몃 돌아보고

고개 숙여 인사하자 웃는 낯 건네준다

가만히 동행이 되어 금세 넘는 고갯길

내가 나를 포옹하는 방법

간단하다
눈을 감고
심호흡 한번 한다

두 팔은 벌리거나 손 모아도 상관없다

열심히 살아온 모습

떠올리면
그게 끝!

아카시나무

— 베이비부머

그 시절 민둥산에 땅내 맡고 크는 동안
바지런히 꽃 피우고 아등바등 뻗은 뿌리
산기슭 웬만한 곳엔 활개 활짝 펼쳤다

옛길은 눕혀둔 채 새로 난 큰길 따라
너 가고 나도 가고 수십 년이 훌쩍 갔다
사는 게 마음 같잖아 시나브로 꺾인 기세

흰 구름 피어오른 신록 아래 쉴 짬 없이
오월 이 꽃향기 다 잊고 살아왔다
무엇에 이끌렸을까 앞만 보며 내달린 길

이파리 한 줄기 따 가위바위보 하던 날들
소꿉동무 이름마저 한 잎 한 잎 흩어졌다
제 뿌리 건사하느라 고목이 된 너와 나

연

드높이 날아오른 연이 나를 바라본다
기억의 허공 속을 말없이 뜬 낮달인 양
휘돌다 저물던 길에
두고 온 사람 하나

저 연도 바람 따라 떠날 날 있을 거다
무심코 당겼지만 오래전에 끊긴 연줄
얼레로 감지 못하는
길 잃은 시간 있다

문상

무릇 산다는 건 줄 하나 남기는 일

한 걸음 또 한 걸음 앞을 줄여 가는 행보

등 뒤로 길어진 줄을 돌아보는 날이 잦다

제 줄을 놓은 친구 보내고 오는 발길

안개 속 가등 너머 젖은 눈 던져본다

가슴에 사려 감은 줄 똬리 틀고 앉는 밤

장마

달포를 주룩주룩 하늘이 울고 간다
땅은 또 질퍽질퍽 겨운 듯 젖어 있고
먼저 와 고인 설움이
접시 되어 받는 눈물

병든 몸 지친 마음
허덕이며 살아온 날
하늘도 북받쳐서 눈물 마구 쏟아낸다

다 울고 활짝 갠 얼굴
마주보세
사람아

섬

— 고시촌

서 있는 듯 보이지만 실은 무릎 꿇은 거다

제 앞길 닦지 못해 제 발로 떠난 유배

선착장 밧줄에 묶여 발 구르는 목선 한 척

소식 주길 기다리는 뭍을 볼 면목 없다

저 어디선 반듯한 땅 물려주고 받을 동안

한바다 섬이 모인 곳 울음 삼킨 새가 난다

숨은 눈

아버지 유품 속에 눈길을 붙잡는 건
오래전 먼저 가신 어머니 쌈지였다
살며시 한 손에 쥐자 가슴으로 옮는 감촉

우리 부부 결혼예물 다이아 반지 두 개
돈으로 바꾸려고 어머니께 맡긴 처분
간신히 고비를 넘던 아이엠에프 한때였지

빚을 내주더라도 차마 팔지 못하셨나
굵어진 손마디가 부러 잊고 사는 동안
꾹 참고 기다려준 반지
눈물 글썽 맺혀 있다

안에게

해묵은 살림 따라 몸도 슬슬 닳아가고

된바람 맞바람에 눈물마저 말라붙어

이따금 따끔한 눈을 꼭 감고 견디는 너

시드는 저 꽃잎도 아끼며 바라보는

촉촉한 눈길만은 잃지 말자, 잊지 말자

네 눈물 대신하고픈 눈시울이 뜨겁다

환기

한동안 움켜쥔 일 모래알로 흩어지고
풀어놓은 시 한 수 갈무리 안 되는 날
잘 듣는 단방이 있어
숲 거닐며 쐬는 바람

널 보내고 그 후로는 내 마음도 종종 빈집
저 윗녘 단풍 소식 너무 고와 쓸쓸한 날
쓸 만한 처방을 찾아
한밤 홀로 젓는 추억

조금씩 날 비우며 당신께로 가는 길은
더는 차마 못 버리는 내가 날 붙잡는 길
오래된 비방 꺼내듯
두 눈 감고 모은 두 손

제 2 부

당신, 원본인가요

똑같아 보이지만 결은 이미 다른 걸요

단 한 점 구김 없이 손 벨 듯 날선 표정

애초의 붉은 인장은

뜨거웠죠

순수했죠

싸리

흑싸리 껍데기도 쉬 버릴 패 아니다
이 땅에 지천으로 뿌리내린 뜻을 깨쳐
싸리비 날이 밝으면 앞마당을 쓸었다

쏘시개 땔감 겸해 밥 짓고 겨울나고
발채나 삼태기로 잔일거리 도맡았다
꽃 피면 척 알아보고 모여드는 일벌들

싸리문 사라졌다 한물간 취급 말라
큰 나무 앞세우며 잡목으로 괄시 말라
흔한 게 소중한 건 줄 아는 이는 아느니

볏단

온몸 탈탈 털려 낟알 다 내어주고

빈 몸 싹둑 썰려 겨우내 소 먹이고

들불로 피어날 기운 마른 짚에 잠재우고

다듬잇돌

마님이 아씨 적에 동무 삼던 기억난다
홑청 빨아 얹어놓고 방망이로 풀던 속내
중모리 자진모리장단 마당 가득 채운 소리

재미로 올라서서 밟다듬이 하던 자리
철부지 도련님이 종아리 걷고 섰지
꾸짖는 마님 회초리에 손등으로 닦던 눈물

서방님 전사 소식 툭 던지고 끝난 동란
보름달 환한 고샅 밤마실 마다하고
마님이 다듬이질로 가다듬던 그 몸가짐

이제 마님 간 지 오래 도련님도 어언 백발
종갓집 대청 한편 가부좌 튼 다듬잇돌
적막에 홀로 지내도 지킬 체통 있음이야

소나기가 가진 두 개의 태도

1.

바짓단 걷어 올리고 힘이 닿는 데까지

염천 마른 땅에 물 길어와 붓고 있다

이 수고 알아주든 말든 총총걸음 분주하다

2.

바닥에 깔린 민심 손아귀 쥘 작정하고

일장연설 퍼부을 때 지원 나온 천둥번개

하늘탓 하든가 말든가 세몰이에 여념 없다

문

가슴을 마냥 열고 살 수는 없다면서
사람들은 저마다 문을 달기 시작했다
예전엔 창이었으나 엿볼 틈 없는 문을

손가락 한 마디로 세상 허울 더듬으며
몸에 밴 버릇처럼 빗장을 두른 눈빛
누군가 옆을 보여도 부재로 간주한다

제 손으로 잠근 문에 갇힌 줄 미처 몰라
왜 이리 적막할까 슬며시 내다보곤
조금 전 돌아선 발자국
못 느낀 채 닫히는 문

그랬다

늘 있을 줄 알았던 전기가 훽 나갔다

엎드린 초 일으켜 불붙이자 내쉬는 숨

아늑한 불빛의 움막 고즈넉이 깃들인다

어둠이 주는 침묵 귀 쫑긋 세운 촛불

전쟁 같은 신도시에 정전이 이뤄지고

까마득 잊고 지냈던 평화가 잠시 왔다

말

뼈마디 갖춘 말은 돌만치 단단하다
제 앞에 펼쳐두면 어느새 벽이 되고
발아래 내려놓을 땐
노둣돌로 깔린다

속으로 모를 감춘 매끄러운 말 한 마디
힘 실은 팔매질이 바람을 일으킨다
부딪혀 가장 아픈 곳
가슴 깊이 박힌다

사는 일 속속들이 어찌 다 얘기할까
온 마음 기우는 곳 말없는 말이 쌓여
재넘이 오가는 길목
돌탑 하나 솟는다

공존

조붓한 산책길에 앞서 걷는 저 비둘기

성큼성큼 다가가도 뒤뚱뒤뚱 태평이다

걷어찰 시늉하려다 두어 걸음 비켜선다

져주는 마음가짐 언제부터 생긴 건지

이기려 부린 허세 이제 그만 버린 건지

숲으로 강 같은 평화 흘러드는 주말 오후

참견

등나무 파고라 밑 적갈색 보도블록
어깨를 들먹이며 더듬더듬 길을 찾는
연초록 애벌레 몸짓 까치눈에 띌 것 같다

반기며 달라붙길 기대하고 내민 등잎
한사코 몸을 틀고 피하려는 뜻은 뭘까
지난날 뿌리쳤던 길 돌이키곤 하는 요즘

나비로 만나자고 등가지에 얹힌 것이
바닥으로 추락하는 고통만 떠안긴 셈
네게도 굳이 가야할 가시밭길 있는 건가

자전거

두 발에 힘을 싣고 밟아야만 움직이지

페달이 받쳐주니 발붙이고 가는 걸세

이보게, 체인 풀려봐 페달인들 별수 있나

구르는 바퀴 덕에 돌아가는 세상이야

핸들 쥔 손이 대뜸 브레이크 움켜쥐자

끼이익! 비명 삼키며 꼼짝없이 멈추는 길

면도

1.

새 날은 또 밝아와 거울 앞에 서는 시간

다잡지 못한 손길 자칫하면 어긋난다

아뿔싸! 치켜든 턱밑 스쳐가는 느낌표

2.

어쩌다 거른 하루 그런 대로 볼 만하다

깎으면 잠시 잊는 내 안에서 돋는 야성

벌판에 방목을 하듯 기르면서 늙어갈까

마늘을 까며

껍질을 벗겨내면 드러나는 뽀얀 속살
우리가 원하는 건 겉이 아닌 속이지만
수북이 쌓인 껍질도 제 할일 다한 은빛

손끝에 스며든 진 은근히 아려올 때
골목시장 한 모퉁이 쪼그려 마늘 까던
아낙네 몸에 밴 수고 알싸하게 떠오른다

한 접 마늘처럼 엮여 있는 하루하루
쭉정이만 이리저리 흩어놓은 시간 앞에
이 빈손 허무했겠다
마늘마저 안 깠으면

제사

정성껏 상 차리면 오시리라 믿는 마음
아내는 하루 종일 나물 볶고 전 부친다
지난밤 꿈에 뵀다고 나지막이 떠올리며

신주에 옮겨놓은 마른 꽃 같은 이름
이 날을 그곳에선 밤낮없이 기다릴까
불현듯 생각이 나서 부랴부랴 달려올까

생은 늘 쳇바퀴 속 그 끝을 잊고 살지
바람에 숨 고르며 묵상에 드는 촛불
당신께 이르는 길을 보여줄 듯 속삭인다

크리스마스트리

맘몬을 따르면서 마구간을 찾는 이들

빌라도의 채찍질은 오늘도 계속된다

알전구 친친 감긴 채 잠 못 드는 전기고문

만가

꽃 피고 지는 사이 기별 잠시 뜸하던 차
꼬리별 반짝이는 아픈 돌*이 날아왔다
마감날 원고 살피듯 다시 읽는 그의 부음

시인은 떠났지만 아주 간 건 아니었네
눈물로 지은 노래 울음마저 두고 갔네
순금빛 숯을 굽다가 먼저 자리 비웠을 뿐

사라지는 것은 문득, 뒤늦게 아름답다
켜켜이 쌓여 있는 시간의 조개무지
상처가 길러낸 언어 진주알로 맺혀 있다

* 박권숙 시인의 〈돌의 만가〉에서 따옴

제 3 부

빈손

거칠게 잡힌 주름
마디마디 굵어진 손

품었다 놓은 것들
무릎 위에 올려둔 손

저물녘 뒷짐 지우며
외로움 감추는 손

놀이터 벤치에서
한나절 머물던 그

생수병 하나라도
손에 쥐고 있었으면

무심한 알뜰폰이라도
하나 들고 있었으면

문 닫는 거리

딸아이 좋아하는 양념치킨 시키려고
모처럼 해본 전화 그게 또 결번이네
재개발 철거지 부근 상갓집 같은 상가

장애 판정 받은 이후 보상금 털어 넣어
권리금 주고 얻은 학교 앞 문방구는
학생 수 부쩍 줄더니 내놓아도 안 나가고

골목길 문짝마다 바람만 삐걱댈 뿐
막바지 세 든 사람 새 쫓듯 몰아낸 집
쥣값은 달게 받겠다 벽에 새긴 주홍글씨

그 후

먹는 쑥 아닙니다 뜯어가지 마세요
소국을 심어놓고 세워둔 작은 푯말
사람은 가고 없어도
말은 남아 다습다

철길이 떠나가자 사람마저 쫓은 동네
동해남부선 철둑 부지 소국이 한 무더기
마지막 가을에 부칠
꽃소식 채비한다

꽃댕강나무

아파트 분양 광고 현수막 걸린 가도
그 아래 노변에서 빽빽이 몰려산다
해종일 도맡은 먼지 맨몸으로 받아내며

공들여 꽃 피워도 영글지 않는 열매
해 바뀌면 우뚝 솟는 우듬지는 남의 얘기
키 맞춘 전정가위질 벗어날 길 바이없다

훤칠한 가로수만 어깨 펴고 사는 거리
품안의 작은 별꽃 눈여겨 반겨줄 땐
몸 낮춰 살아온 나날 그 가난을 잊는다

길고양이

주어진 운명인가 몸을 사린 풍찬노숙

내 안이 익을 때면 밤새껏 울곤 했다

누군가 던진 돌멩이에 절룩이는 뒷다리

봄을 두 번 맞았지만 세 번은 힘들겠다

쓰레기 뒤진 끼니 퉁퉁 붓고 곪은 뱃속

세상에 버림받아도 날 버리진 않을 테다

문드러진 뒷다리를 웅크리고 핥아본다

상처가 덧나는 건 애써 살고 있다는 것

다음번 생이 있다면 집고양이 해봤으면

이주移住

노부부 발길 잦던 담장 옆 작은 텃밭
가녀린 고추 모종 북돋워 길러냈다
얼결에 품은 풀씨도 마다하지 않았다

포클레인 들이닥쳐 집채 마구 부숴놓고
공사현장 출입구로 단박에 변한 텃밭
제 자리 뿌리내린 흙 파헤치고 걷어낸다

덤프트럭 가득 실린 저 텃밭 어딜 가나
낯선 땅 발붙이고 부디 꽃 피우기를
움푹 팬 타이어 자국
두 손 모은 흙덩이

갱생

뜯겨진 봉창 틈은 거미한테 맡겨놓고
떠난 사람 눈에 밟혀 식음을 전폐한 집
바람만 간간이 들러 숨을 불어 넣는다

길섶엔 민들레가 봄 도장 찍고 있다
때 절은 옷을 벗고 뼈대만 남은 폐가
번듯한 공중화장실 새 단장에 바쁘다

옹기종기 집집마다 뒷간이 없는 동네
산비탈 오르내릴 수고 면한 할머니들
구부정 허리를 펴며 얼씨구나, 춤판이다

도시의 뻐꾸기

온 동네 뻐꾹 뻐꾹 신장개업 알리더니
중국산 코로나에 한 해를 못 넘겼네
복국집 간판을 덮은 돼지국밥 현수막

확진자 들렀다는 소문이 먼저 났네
돼지국밥 끓던 가마 빈 둥지로 남겨놓고
뻐꾸기 떠나간 자리 깃을 터는 통닭집

사장 노릇

회식날 술통이 된 영업담당 김 대리
택시 태워 보낸 자리 벗어둔 구두 한 짝
신나게 터뜨린 혈기 분신으로 남았다

뒷굽이 다 닳도록 발품 팔아 따온 주문
고향집 두엄내가 오랜만에 훅 끼친다

사장님 움켜쥔 구두
달빛 품고 반짝반짝

리바이벌

며칠째 아무 것도 먹지를 못했어요
남은 밥이랑 김치 있으면 문 좀 두들겨주세요

서른둘 시나리오 작가
유작이 된 쪽지 글

꿈틀

강줄기 띠를 두른 산기슭에 살고 싶네
나무랑 풀꽃이랑 산새 물새 사귀면서
밤이면 별밭에 나가 은하수 봇물 보리

내 발목 잡은 것은 도시가 준 또 다른 꿈
돈 벌어 빌딩 짓고 산도 통째 사겠노라
그 꿈이 한 사람 잡는 덫일 줄은 몰랐네

식은 재 묻은 가슴 불씨가 살아 꿈틀
꿈에도 길목 있어 아늑한 목이 있어
강줄기 띠를 두른 산 그곳으로 또 가자네

등대

밤이면 뜬눈으로
어두움 닦아가며

집 떠난 사람들이
돌아오길 기다렸네

누군가 할일이기에
여기 오래 서 있네

가악, 가악

배고파 그러느냐
넌 무얼 먹고 사니

도시 외곽 아침나절
까마귀 우짖는다

시방도
주린 이 있다고
땅 위에 고하는 듯

작업복

무더위 멱을 감고
하루 푹 쉬는 말미

땀 흘리는 네게로 가
다시 흠뻑 젖고 싶어

옥탑방
빨래줄 걸려
헛걸음질 치고 있다

빈방

무동 타고 환히 웃는 사진 속 어린 왕자
그 후론 미소 또한 말수만큼 줄어들고
엄마를 기다리다가 혼자 먹던 늦저녁

이담에 돈 벌어서 호강시켜 드릴게요
다 컸다 싶었는데 더 크는 게 힘들었나
베란다 창문을 넘어 하늘 향해 날아갔다

기숙학교 빠져나와 안기듯 찾아든 집
잘 왔다 반기면서 품어주길 바랐을까
그 시간 할인점 캐셔 한눈 팔 틈 없던 엄마

머리가 가슴속을 파먹는 거 같아요
아들이 남긴 문자 마구 찔러 부은 눈엔
지상의 쓸쓸한 빈방 맴돌다간 별 하나

제 4 부

봄빛

해마다 오는 길을

까치발로

조심, 조심

낯가림도 여전하네

고개 숙여

살짝 뜬 눈

날 받은 새색시모양

손꼽다가

이슥고 온

어깨

얼굴이 돋보일까 힘을 잔뜩 넣곤 했다
못쓸 만큼 무너지는 아픔도 치러봤고
무거워 축 처진 날엔 술에 기대 일어섰다

덜미를 노릴까봐 종종 뒤를 돌아봤다
누군가 메달 걸면 누구는 목매달고
사는 게 싸움터임을 부딪히며 익혔다

이제사 시나브로 힘을 뺄 줄도 안다
변한 듯 변치 않은 친구가 반가워서
양어깨 서로 나누며 지친 팔을 얹는다

너는 가고 나는 남아

길 위에 퍼더버려 속도 꽤나 썩혔지만
내게 와 정붙이며 오랫동안 수고했다
마침내 보내야 하는 그 날이 온 것인가

늙은 일소 내다파는 그 마음 알 것 같다
고삐를 놓은 손이 허전하여 지는 뒷짐
끝인 줄 눈치 챘는지 시르죽은 너를 본다

굽이굽이 달려왔던 한 시절이 저무는 길
폐차장 견인차가 막 데려갈 채비하자
마소로 착각한 손이 쓰다듬는 네 잔등

정리

빗길을 오가던 날 흠뻑 젖은 바짓부리
장거리 잦은 운전 엉덩이는 번들번들
지치고 시달린 흔적 해진 바지 벗은 이후

어찌 둘을 떼놓을까 붙어 다닌 양복 한 벌
짝 없이 홀로 겪는 외로움 내가 알지
옷장에 걸린 윗도리 꺼낸 김에 걸쳐본다

바지가 해질 동안 소매 끝도 닳았구나
채우면 뭉클하던 가슴 닮은 안주머니
수거함 보내기 전에 손을 가만 넣어본다

독백 · 19

자주색 교복 치마
먼발치서 오고 있다

바라봐도 모르는 척
시침 떼며 가고 있다

그랬지 너는 열여덟
그래 나는 열아홉

밤낚시

잠 못 든 가을밤에 시집을 펼쳐든다
시인이 풀어놓은 시어들 입질하고
월척을 만나는 순간 가슴이 먼저 뛴다

한 편 시에 하룻밤을 바치는 날도 있다
지나온 뒤안길을 별자리에 걸어두고
밤이슬 밑밥 삼아서 시가 시를 낚는다

숨비소리

누군가 요기가 될
글 한 줄 건지려면

파도쯤 마다않고
몸 던질 줄 알아야지

종장의 첫 음절이네
꾹 참았다 터뜨린 숨

손

저 별 오늘따라 아득하여 허전한 밤
잃어버린 화첩에서 떠오르는 그림 있다
어릴 적 크레파스로 큼직하게 그려둔 손

사느라 바쁠 동안 바람결로 오던 손길
더듬는 기억마다 머물고 가는 온기
얼굴만 어른거리네 내미는 손이 없네

설빔을 입히면서 소매 끝 접어주고
고뿔로 누웠을 땐 이마를 짚던 그 손
눈으로 붙잡아두긴 머나먼 저기 저 별

독백 · 21

길 위에 홀로 처진 아기의 신발 한 짝
저렇게 미아가 된 한 아이를 알고 있다

누군들 자유로울까
상실이란 저 업보!

기억 너머 엄마를 만나다

액자 속 어머니가 누군지 묻는 손녀
할아버지 이야기에 별 두 쪽 반짝인다
누구나 엄마가 있음을 깨닫는 눈빛일까

사진이 숨을 쉬며 인화되는 기억 너머
아련한 잠결 같은 망각에 싸인 강보
손녀가 데려다 주네, 어머니 모셔오네

배냇짓 지켜보는 젊은 날의 함박웃음
걸음마 다가설 때 껴안았을 포근한 품

저예요
엄마 저예요
제가 손주 봤어요

탑 쌓기

아이가 블록으로 탑 쌓기 놀이 한다
한 뼘 더 높이려고 힘을 실은 저 발돋움
언젠가 나서야 할 무대 몸가짐을 익힌다

너도 자라 머리맡에 알람시계 둘 때쯤엔
꿈으로 탑을 쌓고 소리 없이 허물겠지
깊은 밤 잠 못 이루는 탑돌이도 할 테지

산다는 건 얼핏 보면 서로 탑을 견주는 일
망루처럼 보란 듯이 세워놓은 이도 있고
힘 부쳐 무너진 터에 주저앉은 이도 있지

산다는 건 다시 보면 제 꿈과 견주는 일
발돋움해 올려놓은 아이의 블록처럼
가슴에 한 뼘 더 높은 탑을 쌓고 싶은 거지

태종대 모자상

세상, 아찔한 걸 벼랑 위에 서서 본다
막다른 길이라도 이게 끝은 아니라고
바다는 배 한 척 띄워 넌지시 귀띔한다

눈앞이 벼랑임을 말없이 가려준 손
살다가 흔들릴 때 기대고 싶은 뱃전
바람에 돛단배처럼 다가오는 품이 있다

아소 탄광

식사는 하루 두 끼 기름 짜고 남은 찌끼
찜통 같은 막장에서 거친 숨 내뿜었다
눈빛만 서럽도록 흰
까만 짐승 한 무리

주린 배 기진한 몸 쓰러지면 끝장이다
보이지 않는 뒷등 묻힌 시신 504기
보름달 환한 밤이면
부엉이도 애가 탔다

오랜 시간 얼버무려 침묵 속에 잠든 폐광
또 얼마나 갱을 파야 고향땅 닿으려나
캐내면 한 맺힌 불꽃
퍼렇게 일 탄맥 있다

요덕*

긴 겨울 지나가고 봄은 새로 돌아와도
세상의 봄소식은 닿지 않는 산속의 섬
지는 해 피멍든 하루 서산 위에 부린다

어차피 가는 걸음 앞당겨 목맨 사람
살려고 달아나다 공개처형 당한 사람
그대로 길가에 묻고 평토하면 그만인 곳

벌 받다 쓰러져선 끝내 숨진 아이 소식
끓어오른 분김마저 주린 속에 주저앉고
후 불면 꺼질 목숨이 촛불로 울고 있다

사는 게 이런 건가 한숨만 되뇌는 밤
별들은 어이 저리 곱다시 반짝이나
하늘도 가슴 답답해 별 하나 팔매 친다

* 함경남도 소재 요덕수용소, 탈북자 출신 강철환의 수기 〈수용소의 노래〉로 참혹한 실상이 알려짐.

간비오산干飛烏山 봉수대

낮에는 연기 피워 밤이면 횃불 밝혀
먼 길을 잇던 소식 오래 전 재로 묻고
뒷전에 물러나 앉아 침묵하며 지내는 산

까마귀 우짖으면 눈 부릅떠 지킨 바다
태평성대 비손하며 지피다 잠든 불씨
대 끊긴 왕조의 봄이 진달래로 피어나나

봉수대 훨씬 높이 솟아오른 저 마천루
갯마을 남새밭이 금싸라기 둔갑한 곳
잘 있나 안부를 나눌 그는 이제 여기 없다

노거수 말씀

척 봐도 아름드리 몸가짐 넉넉하여
다가가 끌어안고 등을 툭 쳐보는데

네 이놈, 올해 몇이냐
저리 가서 놀아라

되돌아 지나는 길 떡하니 서 있길래
바쁜 척 티내면서 잰걸음 옮기는데

이놈아, 그냥 갈 테냐
잠시 와서 기대거라

마지막

마음 다 비웠다며 후련해한 적이 있고
이렇게 끝이 나나 가슴 친 날도 있다

새로운 첫발을 위한
막이 잠시 내린다

제 5 부

소중한 당신

미화원 강순례씨 즐거운 점심시간

상가 내 휴게 공간 마땅한 데가 없어 화장실 변기에 앉아 도시락 꺼내든다 밥 한 술 떠 넣고서 깍두기 입에 물 때 황급히 들어서는 발자국 소리 앞에 살포시 다문 입술 손으로 가려본다 반찬 냄새 훅 끼칠까 도시락도 덮어둔다 옆 칸의 독가스를 뿌리치지 못하는 코, 어쩌다 변비 심한 손님 와서 끙끙대면 마지못해 남은 점심 후다닥 해치우고 사는 게 그렇지 뭐, 먹고 싸는 일 아니가 늘 하는 혼잣말에 피식 웃고 일어선다 맘 편히 밥 먹게끔 배려 않는 일터지만 내일모레 칠십인데 이 정도는 감수해야, 나 말고 일할 사람 줄섰다 그러잖아 오늘도 대걸레질 부지런한 강순례씨

당신은 소중한 사람
까마득히 잊고 산다

어느 날의 지하철 · 1

어디로 가야 할지 일깨우러 오는 당신

이번 역은 수영, 수영역입니다. 내리실 문은 왼쪽입니다. 연산이나 대저 방면으로 가실 고객께서는 이번 역에서 3호선으로 갈아타시기 바랍니다, 내리실 때에는 두고 내리는 물건이 없는지 다시 한 번 살펴보시기 바랍니다

무얼까
두고 온 것은
돌아보는 짬도 준다

어느 날의 지하철 · 2

군중 속 유령처럼 나타나는 이 얼굴들*

몇몇이 내린 다음 또 몇몇 타는 전철, 빈자리 앉자마자 눈을 감는 얼굴 하나, 그 옆엔 수심 가득 주름진 얼굴 하나, 한번쯤 어디선가 본 듯한 얼굴 하나, 휴대폰에 뺏긴 눈을 잠시 찾은 얼굴 하나, 끝없이 흘러가는 시간의 노선 위를 다함께 종점 향해 달리는 이 행렬이 구렁에 빠져 있단 그런 얼굴 하지 말자

마스크 그 속에 숨은 환하게 필 꽃잎들

* 에즈라 파운드의 시 '지하철 정거장에서'에서 따옴

우리 동네

천둥소리 듣고서야 비가 옴을 깨닫는다

창가에 서기 전엔 비 오는 줄 모르듯이 이웃이 이웃인지 모르고 살아간다 옆집에 들어오는 이삿짐 보고서야 그간 비어 있었음을 알게 되는 휴일 오후 새로 온 이웃은 무엇 하는 사람일까 잠시잠깐 불붙다가 이내 꺼버리는 관심, 요 몇 년 새 슬그머니 풍습이 바뀐 건지 이사떡 돌린다며 인사 받은 적이 없고 담장 대신 온통 막혀 눈길 줄 데 없는 벽면 다들 어찌 사는지 궁금증을 끊어준다 주민들은 누구하나 문패를 달지 않고 306호, 1204호 수인번호 같은 호수, 익명은 보장되고 신분은 짐작될 뿐 어쩌다 마주칠 때 짧게 나눈 눈인사로 이웃사촌 사귀기란 가문 논에 물대기라 꽤 오래 안 보이던 점잖으신 할아버지 구급차에 실려 가는 광경을 목격한 날 여느 때와 다름없이 아파트는 조용했다

이웃이 하늘로 가는 이사
배웅하던 빗소리

소파

우리 집에 너 오던 날 어렴풋이 떠오른다

첫인상은 별로였지, 거실 제일 요지를 멋대로 차지하곤 부잣집 세간인 양 으스댈 것 같았지 번드레한 겉과 달리 소탈한 구석 있어 다가가면 편안하게 받아주는 붙임성에 지친 몸 뉘일 동안 푹 쉬게 하는 배려, 만사가 번잡커나 살림살이 쪼들릴 때 재충전의 시간을 가지곤 했었는데 요즘은 소파를 없애는 게 추세라네, 살가죽 해지도록 함께한 널 내보내고 좁은 집 너른 듯이 살아보잔 결정 앞에 항변은 혼잣말처럼 들먹이다 수그리고 소파가 사라진 자리 마음이 가 앉는다

너 대신 네가 두고 간
바닥을 되찾는다

제 속을 문지르다

피부가 까맣다고 놀림 당한 어린 소녀

집으로 달아나다 헛디뎌 넘어질 때 시멘트 바닥 위에 부딪히며 긁힌 살결, 희뿌연 먼지 묻어 하얘진 걸 본 소녀는 팔뚝을 바닥에다 문지르기 시작했다 피부의 검은빛을 지울 수만 있다면야 쓰라린 아픔쯤은 얼마든지 참겠지만 피딱지나 줄줄이 안겨줄 뿐이었다 소녀는 살갗 대신 제 속을 문질렀다 울음을 삼킨 속을 문지르고 문지르자 가라앉은 흐느낌이 노래로 우러났다 두고두고 가슴에서 갈고 닦은 그 노래는 어느새 스스로를 스스로 달래었고 마침내 많은 이에게 위로를 건네었다

속 깊이 연마한 생을 열창하는 국민가수

주말 이발소

고집 꽤나 있어 뵈는 육십 대 반백 머리

의자에 앉자마자 박박 밀어 달라 한다 연배가 그보다는 더 되었을 이발사가 조심스레 되묻자 그냥 박박 밀라 한다 늘그막에 까까머리 중이 될라 그러는가 바로 옆 손님 눈길 염탐하듯 지나가고 머리 손질 끝마치고 퇴장하는 손님마저 뒤통수 힐끔 훑곤 쓴웃음 머금는다 전동이발기 들이대며 이발사 건네는 말 “두상이 보기 좋아 삭발도 괜찮겠어요” 지그시 눈 감은 채 입 다물고 있던 손님 거울 통해 이발사와 눈 맞추며 대꾸한다 “항암 들어가기 전에 깎아두는 게 편치 싶어서요” 전동이발기 작동이 순간 멈춘 이발소에 벽시계 초침 소리 적막을 깨뜨린다 “마음 비우니까 홀가분하니 좋네요.” 손님이 말을 맺고 아까처럼 눈을 감자 전동이발기 다시 돌며 떨어지는 머리카락

살아서 돌아오리라 고행길 앞둔 출가

재회

신성아, 오랜만에 네 어머닐 뵈었다

행인들 사이에서 걸음걸이 처진 당신은 날 보자 너를 본 듯 내 손 꼭 잡으셨다 만면에 주름 가득한 당신의 미소에서 나는 내 어머니를 떠올리고 옛 슬픔 깊이 잠긴 당신 눈망울에서 나는 또 너를 만나, 반세기 전 우리 함께했던 날 아련히 되살아나는구나 세월 많이 흘렀지만 세상도 엄청 변했단다 그동안 대통령이 아홉 번 바뀌었지 전차가 다니던 땅 밑으로 전철이 달리고 봄이면 우리 앞을 날던 제비는 놀라지 마라 못 본 지 한참 되었다 너 생전에 못 본 컴퓨터가 나오더니 인제는 그거 없이는 살기 힘든 세상이란다 신성아, 너는 예전 모습 그대로구나 너와 배운 '바른 생활', 주일학교에서 가르치던 '이웃 사랑' 거기서 멀어진 채 허겁지겁 살아온 이 무지렁이를 아직도 친구라 여기느냐? 너 여전히 궁금한 건 못 참겠단 표정을 짓는구나 하루에 한 가지씩 착한 일 잘하는지 엄마 생각 안하고 씩씩하게 지내는지 티 없는 눈빛으로 안부를 묻는구나

반갑다 어릴 적 내 친구야

내 가슴속 소년아

라이더의 노래

다치면 끝장인 거 알고는 있었지요

세상이 달라진 듯 코로나로 쏟아진 콜, 저임금 알바 인생에 목돈 벌 일 생겼죠 설치면 설친 만큼 늘어나는 배달건수 한밤중 빗길에도 쏜살같이 날아갔죠 끔찍한 충돌사고야 남의 일 같더니만 오토바이 라이더가 휠체어로 바뀐 거죠 열심히 살아갈 꿈 깨고 나니 산산조각, 설움 반 후회 반으로 소리죽여 울곤 했죠 갓 서른 한창때를 뒤척이다 깊어진 밤 고요가 시름 재울 이부자리 펴주네요 전처럼 살 수 없는 몸 심장이 날 살려요

전처럼 설 수 없는 몸 심장이 날 일으켜요

질문 있어요

수영강변 데크 위를 산책하는 비둘기들

먹이 주지 마십시오 권고하는 현수막엔 비둘기가 유해한 조류임을 주장한다 갈수록 달라지는 시선이 섭섭한 듯 비둘기는 맨 바닥을 공공연히 쪼아대며 사람이 던지던 모이 아쉬워 바장인다 예전엔 사람들과 다정하게 지내라고 공원마다 나무 위에 집도 지어 주더니만 이제 와 꼭 집어서 해조害鳥라고 적시하니 민폐 좀 끼쳤다고 안면몰수 하는 건가 평화의 상징이란 명예도 앗아가고 닭둘기 쥐둘기란 오명으론 부족한지 유해한 야생동물 낙인마저 찍는 건가 우리들 비둘기가 얼마나 유해한지 이 지상에 어느 누가 더 유해한 존재인지

자고로 가깝게 지낸 인간에게 묻고 싶다

| 작품해설 |

"뼈마디 갖춘 말"이 진해주는 정형의 극점

— 이광의 시조 미학

유 성 호

(문학평론가 · 한양대 교수)

“뼈마디 갖춘 말”이 전해주는 정형의 극점

— 이광의 시조 미학

유 성 호
(문학평론가 · 한양대 교수)

1. 겨레시 시조와 함께한 동행의 길

이광 시인은 “겨레시 시조와의 동행이 나의 길을 보다 시답게 한다.”(「시인의 말」)라고 고백하면서 그동안 자신만의 시조 미학의 활력과 위의(威儀)를 우뚝하게 견지해왔다. 올해로 등단 15년을 맞는 동안 그는 실로 다양한 테마와 넓은 음역(音域)을 가진 시조를 겨레시의 반열에 올려놓은 바 있다. 이번 시조집은 그러한 과정의 연장선상에서 결실된 크나큰 미학적 집성(集成)일 것인데, 그 굵고 선한 목소리를 따라 우리는 시조시단의 한 정점을 만나게 될 것이다. 아닌 게 아니라 이광의 시조는 감상(感傷)의 배제를 동반한 시인 자신의 실존적 다짐을 결속해가는 형식을 취하고 있는데, 그의 시조가 한결같이 속 깊고 단정한 전언(傳言)을 보여줄 수 있었던 것도 이러한 독자적인 형식 때문이었을 것이다. 그렇게 이광 시조의 한편에는 우리가 망각하고 있는 것들에 대한 복원의 꿈이 담겨 있고, 다른 한편에는 삶의 구체를 통한 가치 실현의 의지가 담겨 있다. 이제 천천히, 근원적 감각을 통한 복원과 실현의 꿈을 완성해가는 이광 시조의 경개(景槪) 안으로 한 걸음씩 들어가 보도록 하자.

2. 사물의 구체성을 통한 자기 탐구의 과정

먼저 이광 시인은 시조를 통해 본원적 자기 탐구에 진력하는 모습을 보여준다. 이는 시조의 언어가 근원적으로 일인칭의 내면 지향을 간직하고 있음을 알려주는 첨예한 실례일 것이다. 원초적으로 서정시는 자기표현의 발화를 통해 시인 자신의 자의식을 첨예하게 드러내는 양식인데, 이때 자의식을 구성하는 질료는 시인 자신이 겪은 원체험일 것이고 그것을 기억하고 표현하는 원리는 삶을 순간적으로 파악해내는 감각일 것이다. 일찍이 발레리는 시정신에 관하여 "숭고한 아름다움에 대한 인간의 열망"이라고 말한 바 있는데, 이광의 시조는 반짝이는 감각을 통해 숭고한 아름다움에 대한 열망을 토로하는 형식으로 다가온다. 이때 그의 상상력은 익숙한 자연 예찬이나 커다란 이념 지향으로 흐르지 않고 사물의 구체성과 함께 자기 탐구를 통한 생의 원리 천착 과정을 구축해가게 된다. 먼저 다음 시편을 읽어보자.

본디 내 모습은 물 아래 묻어두고
누군가의 둑이 되어 살기로 작정했다
긴 가뭄 드러낸 바닥 주저앉기 전까진

가둬둔 게 아니었다 끌어안은 것이었다
가슴이 잠기도록 품속에 채운 나날
저 들녘 목말라 할 땐 아낌없이 젖 물렸다

줄 것도 거둘 것도 이제 더는 없다는 듯
수위가 남긴 자국 지워버린 몸뚱어리

한 생을 마르도록 산 수많은 둑이 있다

— 「겨울 저수지」 전문

시인은 '겨울 저수지'를 화자로 설정하여 자기 탐구의 가장 깊은 의미론을 구축해간다. 긴 가뭄으로 바닥을 드러내기 전까지 '겨울 저수지'는 자신의 본디 모습은 물 아래 묻어두고 "누군가의 둑이 되어 살기로" 마음먹고 살아왔다. 이때 저수지는 그동안 물을 가두어둔 것이 아니고 끌어안은 것이라고 고백하고 있다. 가슴이 잠기도록 품속에 물을 채우고 목마른 들녘에 아낌없이 젖을 물려온 저수지는, 비록 지금은 겨울 가뭄으로 온통 말라버렸지만, 이제 줄 것도 거둘 것도 없다는 듯이 "수위가 남긴 자국"과 "한 생을 마르도록 산 수많은 둑"을 품은 채 스스로의 잔광(殘光)을 쏟아내고 있는 것이다. 결국 '겨울 저수지'는 "선착장 밧줄에 묶여 발 구르는 목선 한 척"(「섬 — 고시촌」)처럼, "바람에 숨 고르며 묵상에 드는 촛불"(「제사」)처럼, 아프고도 아름다운 시간을 마음으로 안은 채 겨울날을 견디고 있다. 이는 아마도 시인 자신의 자화상이기도 할 터인데, 세상의 신산함을 지나, 누군가에게 사랑을 건넨 세월을 뒤안에 남기고, "한 생을 마르도록 산 수많은 둑"처럼 오롯한 실존적 모습으로 다가오고 있는 것이다. 3연으로 꽉 짜여 '겨울 저수지'의 과거와 현재를 통해 존재론적 심연에 놓인 개성적 목소리를 효과적으로 발화한 아름다운 시편이라 할 것이다.

> 볕 좋은 한낮이나 소쩍새 우는 한밤
> 홀로는 괜히 설워 창가에 서곤 했다
> 내 안이 바깥을 향해 말 걸고 싶던 시절
>
> 푸른 봄 창에 깃든 하늘에도 뭉클했고
> 옥외등 들뜬 불빛 덩달아 잠 설쳤다
> 비 내려 김이 서리면 손끝으로 그린 얼굴
>
> 빈 듯 가득 찬 듯 세상살이 얼비추고
> 따뜻이 감싸주다 싸늘하게 식은 표정
> 한순간 깨어지는 생 몸소 본도 보였다
>
> 창 너머 바라보던 아스라이 먼 훗날들
> 어느덧 다 흘러가 꿈인 듯 맴도는 밤
> 내 안이 할 말 있는지 창가로 불러낸다
>
> —「유리창」 전문

이 작품에서 시인은 '유리창'이라는 투명한 매개체를 통해 자신의 안과 밖을 동시에 사유하고 있다. 자신의 내면에서 바깥으로 말을 걸고 싶던 시절에 시인은 낮이나 밤이나 홀로 창가에 서 있기를 좋아했다고 고백한다. 괜한 설움과 바깥을 향한 동경이 봄날의 푸른 하늘이나 옥외등 불빛을 뭉클하게 바라보게끔 했던 것이다. 가끔씩 비라도 내려 김이 서리면 손끝으로 얼굴을 그리곤 했던 유리창은 "빈 듯 가득 찬 듯 세상살이"를 얼비추어 주었고 "한순간 깨어지는 생"도 보여주었다. 그렇게 창 너머 바라보던 먼 훗날들은 어느덧 다 흘러가버리고 내면의 "할 말"은 아직도 시인을 창가로 불러내고 있다. 유리창의 안과 밖을 경계로 한 성장 서사와 함께 "한밤 홀로 젖는 추억"(「환기」)을 통해 "굽이굽이 달려왔던 한 시절이 저무는 길"(「너는 가고 나는 남아」)을 회억하고 있는 시편인 셈이다. 깨끗하고 단아한 이미지와 목소리가 자기 탐구의 한 극점을 보여주는 사례일 것이다.

우리가 잘 알듯이, 사물의 구체성은 한동안 그것을 규율하다가 세월의 풍화를 겪으면서 차츰 소멸되어가게 마련이다. 하지만 우리는 이 소멸의 실재들이 또 다른 생성을 준비하는 불가피한 방식이라는 것을 또한 잘 알고 있다. 아니 소멸의 심층에 오히려 생성의 기운이 충실히 자라고 있다고 하는 편이 옳을 것이다. 이 모든 것이 우리가 완전하게 고립된 단독자(單獨者)

가 아니라 일정한 소멸 과정을 통해 서로의 몸에 각인되는 상호 결속의 존재임을 알려준다. 시인은 '저수지'와 '유리창'을 통해 그러한 생성과 소멸의 연결 구조를 환하게 드러낸다. 일정한 상호연관성 속에서 사물들은 이렇게 내면의 적정한 은유적 형상을 구축해가고 있는 것이다.

3. '말'의 자의식을 통한 '시인'으로서의 실존

또한 눈에 띄는 이번 시집의 흐름 가운데는 시인 나름의 언어적 자의식이 있다. 그것은 '시조'에 대한, '시조'를 향한, 치열하고도 견고한 의지와 사랑이다. 아닌 게 아니라 그의 작품에는 '언어'를 향한 예술적 자의식이 퍽 많이 담겨 있는데 어쩌면 그러한 마음이 그의 작품에 견고한 품격과 위상을 부여하고 있는지도 모를 일이다. 이광 시인은 시조가 자신을 규정하는 실존의 예술이며 불가항력적인 존재론적 숨결임을 힘주어 고백해간다. 그리고 언어를 통해 자신을 미학적으로 완성하는 시조야말로 양도할 수 없는 자신의 존재 방식이라고 노래한다. 이번 시조집에서 그는 이처럼 시간예술로서의 속성을 한껏 충족하면서 자신만의 기억을 통해 사람살이의 깊고 오랜 근원을 유추해간다. 나아가 기억의 기율을 통해 자신을 가능케 한 언어예술을 사유해간다. 그때 우리는 '시인 이광'의 진면목을 다시 한번 만나게 된다.

잠 못 든 가을밤에 시집을 펼쳐든다
시인이 풀어놓은 시어들 입질하고
월척을 만나는 순간 가슴이 먼저 뛴다

한 편 시에 하룻밤을 바치는 날도 있다
지나온 뒤안길을 별자리에 걸어두고
밤이슬 밑밥 삼아서 시가 시를 낚는다

—「밤낚시」 전문

뼈마디 갖춘 말은 돌만치 단단하다
제 앞에 펼쳐두면 어느새 벽이 되고
발아래 내려놓을 땐
노둣돌로 깔린다

속으로 모를 감춘 매끄러운 말 한 마디
힘 실은 팔매질이 바람을 일으킨다

부딪혀 가장 아픈 곳
가슴 깊이 박힌다

사는 일 속속들이 어찌 다 얘기할까
온 마음 기우는 곳 말없는 말이 쌓여
재념이 오가는 길목
돌탑 하나 솟는다

—「말」 전문

이 시편들에는 시인의 경험적 소회와 함께 앞으로 어떤 시조를 자신이 써갈지에 대한 운명적 예감 같은 것이 서려 있다. 가령 시인은 앞의 시편에서 시조 창작의 시간을 '밤낚시'로 비유하면서 가을밤에 펼쳐든 시집에서 만난 훌륭한 시편을 '월척'으로 등극시킨다. 그리고 그 순간 가슴이 먼저 뛴다고 말한다. 그렇게 시인은 자신도 하룻밤을 바쳐 "한 편 시"를 낚는 일도 있는데, 지나온 뒤안길을 별자리에 걸어둔 잠 못 이루는 밤에 "밤이슬 밑밥 삼아서 시가 시를 낚는" 것이다. 여기에는 독자이자 창작자로서의 오랜 시간을 벼리면서 '시인 이광'으로 훤칠하게 나아가는 자기 탐색의 시간이 은은하게 흐르고 있다.

어쩌면 시인은 "지상의 쓸쓸한 빈방 맴돌다간 별 하나"(「빈방」)를 바라보면서 "산다는 건 다시 보면 제 꿈과 견주는 일"(「탑 쌓기」)임을 증언해가는 것일지도 모른다.

그런가 하면 아예 '말(언어)'를 제목으로 삼은 뒤의 시편에서 시인은 더욱 강렬한 '시인'으로서의 자의식을 섬세하게 들려준다. 시인이 상상하고 표현하는 언어는 돌처럼 단단한 "뼈마디 갖춘 말"일 것이다. 때로 벽이 되기도 하고 때로 노둣돌로 깔리기도 하는 그 '말'은 "속으로 모를 감춘 매끄러운" 모습으로 번져간다. 그리고 그 말의 힘은 팔매질이 되어 바람을 일으키기도 하는데, 가장 아픈 곳에 비수처럼 깊이 박히는 이러한 말의 부딪침은 비록 삶의 이야기를 다 담아내지는 못할지라도 "온 마음 기우는 곳"에 "말없는 말"로 쌓여만 간다. 그렇게 재넘이 오가는 길에 솟은 "돌탑 하나"야말로 언어의 미학적 표상으로서의 시조를 비유하는 형식일 것이다. 또한 이러한 돌의 '말'에는 "캐내면 한 맺힌 불꽃/퍼렇게 일 탄맥"(「아소 탄광」)이 웅크리고 있고, "상처가 길러낸 언어 진주알로 맺혀"(「만가」)진 순간들이 그 아래로 흐르고 있을 것이다. 이 모든 것이 시인의 실존적 모습을 환하게 보여주는 다양한 축도(縮圖)일 것이다.

주지하듯 서정시는 시인 자신의 절실한 경험과 깨달음 그리고 사물을 향한 매혹과 그리움을 압축적으로 보여주는 예술이다. 시인들은 자신의 삶을 새삼 반추하고 새로운 세계에 대한 상상적 열망을 보여주는 과정에서 자신만의 구체적 경험과 깨달음을 특유의 예술적 안목과 필치에 산뜻하게 얹어가게 된다. 이광의 시조는 이러한 과정적 속성을 충족시키는 뚜렷한 범례로 남을 것이다. 그만큼 그의 시선은 고요한 사물에게서도 능동적 질감을 발견하고 그것을 생의 물질성으로 바꾸어내는 데 탁월한 역량을 발휘하고 있다. 그러한 지극한 마음이 생성의 반대편에서 소멸의 잔광(殘光)이 일도록 균형을 맞추게끔 했을 것이다. 그리고 그러한 균형 의지가 이광 시조를 든든하게 떠받치는 침묵의 역할을 수행했을 것이다.

4. 넉넉하게 번져가는 인생론적 지혜

다음으로 우리는 이광 시인의 인생론적 경험과 혜안 그리고 그것을 표현하는 심미적 언어를 만날 수 있다. 그 점에서 그의 시조는 남다른 기억에 의해 조직되고 구성되어간 예술적 기록이다. 또한 오랜 시간 시인 나름의 아름다운 기억을 선명한 이미지로 환치하는 작법이 여기서 비롯하였을 것이다. 이는 시인 자신이 겪어온 시간에 대한 미학적 헌사이자 충만한 현재형으로 그것을 변형해가려는 의지가 반영된 결과일 것이다. 그것은 시인으로 하여금 삶의 심연에서 피워 올리는 지혜와 국량(局量)을 넉넉하게 번져가게끔 해주고 있는데, 그 원리는 많은 경우 역설적 사유와 감각에 기초하고 있다 할 것이다.

온몸 탈탈 털려 낟알 다 내어주고

빈 몸 싹둑 썰려 겨우내 소 먹이고

들불로 피어날 기운 마른 짚에 잠재우고

—「볏단」 전문

지팡이 쥔 어르신 오르막 올라간다

힘들여 떼는 걸음 눈빛으로 미는 동안

바람도 앞질러가서 등 뒤를 떠받친다

다가서는 인기척에 그가 슬몃 돌아보고

고개 숙여 인사하자 웃는 낯 건네준다

가만히 동행이 되어 금세 넘는 고갯길

—「축지縮地」 전문

앞의 시편에서 시인은 모든 것을 내어주고 먹이고 잠재우는 헌신과 희생의 상관물로 '볏단'이라는 구체적 사물을 노래하고 있다. 낟알 내어주고 빈 몸 먹여주고 "들불로 피어날 기운"까지 마른 짚에 잠재운 채로 강인한 모습을 간직한 '볏단'의 모습은 마치 "낮에는 연기 피워 밤이면 횃불 밝혀"(「간비오산干飛烏山 봉수대」)왔던 이들이나 "비탈진 생을 안고/무너지지"(「옹벽」) 않았던 누군가의 삶을 환유하는 듯하다. 잘 짜인 단시조에 맞춤한 시상(詩想)의 전개를 담고 있는 시편이다. 그런가 하면 뒤의 시편에서 시인은 "지팡이 쥔 어르신"을 관찰하고 있다. 오르막을 올라가는 노인의 힘들여 떼는 걸음에 시인은 "눈빛으로 미는" 순간과 "바람도 앞질러가서 등 뒤를 떠받친" 순간을 부조(浮彫)한다. 시인은 인기척에 슬몃 돌아보는 노인과 서로 인사를 나누면서 이제는 "가만히 동행"이 되어 금세 고갯길을 넘는다. 이처럼 세상은 모두 연결되어 있어서 누군가의 응시와 정성으로 넉넉한 '축지(縮地)'가 이루어진 것이다. 그렇게 시인은 "만사가 번잡커나 살림살이 쪼들릴 때 재충전의 시간을 가지곤"(「소파」) 했던 순간을 통해 어느 누구에게나 "당신이/평안히 걸을 황톳길"(「비 온 뒤」)을 예비하는 정성과 후의를 내보인다. 모두 이광 시인이 아름다운 성정(性情)이 세상에 내놓는 역설의 지혜가 아닐 수 없다.

강줄기 띠를 두른 산기슭에 살고 싶네
나무랑 풀꽃이랑 산새 물새 사귀면서
밤이면 별밭에 나가 은하수 봇물 보리

내 발목 잡은 것은 도시가 준 또 다른 꿈
돈 벌어 빌딩 짓고 산도 통째 사겠노라
그 꿈이 한 사람 잡는 덫일 줄은 몰랐네

식은 재 묻은 가슴 불씨가 살아 꿈틀
꿈에도 길목 있어 아늑한 목이 있어
강줄기 띠를 두른 산 그곳으로 또 가자네

—「꿈틀」 전문

시인은 꿈틀하는 마음으로 자연 지향의 삶을 그리워한다. "강줄기 띠를 두른 산기슭"이나 "나무랑 풀꽃이랑 산새 물새" 노니는 곳, 밤의 별밭과 은하수 봇물은 그러한 삶을 가능하게 하는 천혜의 수원(水源)이 되어준다. 그리고 그 반대편에 발목을 잡는 '도시'가 있다. 도시의 꿈은 산기슭의 그것과 달라서 돈 벌어 빌딩 짓고 산도 사겠다는 "사람 잡는 덫"으로만 존재한다. 이러한 대립적 심상 앞에서 시인은 "식은 재 묻은 가슴"에 불씨가 꿈틀거릴 때 자신의 삶을 "강줄기 띠를 두른 산"으로 돌려놓음으로써 아늑한 길목을 가진 '꿈'을 탈환하고자 한다. 이때 그의 온몸으로 전해져온 '꿈틀'은 신생하는 '꿈'의 '틀'이 되어주고 있다. 이러한 목소리는 "바지런히 꽃 피우고 아등바등 뻗은 뿌리"(「아카시나무 — 베이비부머」)로 살아온 자신에게 전하는 스스로의 존재론적 위무(慰撫)이자 치유의 마음을 담고 있다고 할 수 있을 것이다. 이처럼 이광 시인은 시조에 대한 철저한 자의식 아래 그에 상응하는 '쓰기'의 은유를 빌려가는 궤적을 보여준다. 다시 말하면 삶의 보편성을 환기하는 장치를 상정한 후 거기에 시인으로서의 자의식을 투영하는 과정을 붙이는 것이다. 물론 이러한 과정이 존재론적 자기도취로 흘러가는 것은 결코 아니다. 오히려 시인은 구체적 상황을 질료로 삼으면서도 그 안에 갇히지 않고 '쓰기'의 정신을 통해 삶에 대한 시인으로서의 존재론적 충동을 토로해가는 것이다.

그 과정이 단연 묵중하고 또 진정성으로 넘친다.

5. 사설시조의 유장한 의미론

나아가 이광 시인은 마지막 5부에 사설시조를 여러 편 잇달아 배치함으로써 자신이 얼마나 양식적 다양성에 적공(積功)을 들여왔는지를 실물적으로 증명하고 있다. 잘 알려져 있듯이, 사설시조는 단시조나 연시조의 속성을 훌쩍 넘어 언어의 카니발적 창화(唱和)를 가능하게 해주는 양식이다. 여기 실린 그의 사설시조는 시인 자신의 개별화된 내면 경험의 자율성보다는 보편적 시상의 완결성을 충족시키는 방향으로 구성되어간다. 물론 다양한 현대적 감각이 이광 시조의 외연 확대를 가져온 것은 뚜렷하지만, 그럼에도 그의 시조는 정형성과 보편적 주제를 결합하면서 생의 근원을 지켜가는 목소리로 굳건하다. 그것만이 시조의 시조다움을 지키는 유일한 길임을 그의 작품들은 증언하고 있는 것이다.

군중 속 유령처럼 나타나는 이 얼굴들

몇몇이 내린 다음 또 몇몇 타는 전철, 빈자리 앉자마자 눈을 감는 얼굴 하나, 그 옆엔 수심 가득 주름진 얼굴 하나, 한번쯤 어디선가 본 듯한 얼굴 하나, 휴대폰에 뺏긴 눈을 잠시 찾은 얼굴 하나, 끝없이 흘러가는 시간의 노선 위를 다함께 종점 향해 달리는 이 행렬이 구렁에 빠져 있단 그런 얼굴 하지 말자

마스크 그 속에 숨은 환하게 필 꽃잎들

—「어느 날의 지하철 · 2」 전문

에즈라 파운드의 시편에 나오는 유명한 구절을 인유(引喩)하면서 시작되는 이 작품은 어느 날 우연히 마주친 지하철 풍경 하나를 선명하게 전해준다. "몇몇이 내린 다음 또 몇몇 타는 전철"의 세목은 수많은 "얼굴 하나"의 연쇄에 의해 구성되는데, 누군가는 눈을 감고 누군가는 수심 가득하고 누군가는 어디선가 본 듯하고 누군가는 휴대폰에 온통 눈을 뺏기고 있다. 이 모두는 느슨하게 서로 연결되어 있기도 하고 고립된 단자(單子)로 살아가기도 한다. 이때 시인은 끝없이 흘러가는 시간을 함께 달리는 행렬에서 "마스크 그 속에 숨은 환하게 필 꽃잎들"을 상상해보는데, '군중 속 유령'은 어느새 '환하게 필 꽃

잎들’로 몸을 바꾼 것이다. 그러한 존재 갱신의 감각은 “열심히 살아온 모습//떠올리면”(「내가 나를 포옹하는 방법」) 따라오는 영상이나 “사람은 가고 없어도/말은 남아 다습”(「그 후」)게 남은 흔적을 찾게 해주는 가장 근원적인 힘일 것이다.

미화원 강순례씨 즐거운 점심시간

상가 내 휴게 공간 마땅한 데가 없어 화장실 변기에 앉아 도시락 꺼내든다 밥 한 술 떠 넣고서 깍두기 입에 물 때 황급히 들어서는 발자국 소리 앞에 살포시 다문 입술 손으로 가려본다 반찬 냄새 훅 끼칠까 도시락도 덮어둔다 옆 칸의 독가스를 뿌리치지 못하는 코, 어쩌다 변비 심한 손님 와서 끙끙대면 마지못해 남은 점심 후다닥 해치우고 사는 게 그렇지 뭐, 먹고 싸는 일 아니가 늘 하는 혼잣말에 피식 웃고 일어선다 맘 편히 밥 먹게끔 배려 않는 일터지만 내일모레 칠십인데 이 정도는 감수해야, 나 말고 일할 사람 줄섰다 그러잖아 오늘도 대걸레질 부지런한 강순례씨

당신은 소중한 사람
까마득히 잊고 산다

— 「소중한 당신」 전문

이번에는 “미화원 강순례씨”를 주인공을 삼은 사설시조이다. 그녀의 즐거운 점심시간을 관찰한 시인은 “당신은 소중한 사람”이라는 전언을 남기는데, 그녀가 보여준 삶의 문양이 우리의 삶을 충전시키고도 남음이 있기 때문이다. 휴게 공간이 마땅치 않아 허름한 곳에서 식사하다가 누군가의 발자국 소리에 웃고 일어설 뿐인 강순례씨의 일상이 잘 새겨져 있다. 칠십이 가까운 그녀는 오늘도 청소를 부지런하게 하면서 자신이 살아가는 생의 긍정적 활력을 우리에게 하염없이 건네고 있다. 이때 시인이 부여한 ‘소중한 당신’의 목소리는 “맘몬을 따르면서 마구간을 찾는 이들”(「크리스마스트리」)을 향하기도 할 것이다. 그것은 우리로 하여금 “한 접 마늘처럼 엮여 있는 하루하루”(「마늘을 까며」)를 열심히 살아가게끔 해주지 않는가. 마음 깊이 들이마시는 ‘소중한 당신’의 표상이 어쩌면 시인이 지향하는 삶의 궁극적 경지일 수도 있을 것이다.

이처럼 이광은 우리 시조문학의 미래를 열어가는 데 사설시조가 중요한 한켠의 역할을 할 것으로 생각하는 시인이다. 우리 삶과 언어의 확장과 응축의 길항이 구체적인 육체로 소용돌이치는 사설시조 전통을 흡수해야 하는 까닭도 인간 삶의 복합성에 기인하는 것일 터이니 말이다. 우리 시조가 처한 여러 난경(難境)을 극복하는 길은 시조의 시조다움을 더욱 첨예화하면서 동시에 인접 양식들과의 혼종 교배보다는 시조 안에서의 양식적 다양성을 극대화하는 데서 찾아야 할 것이다. 이광의 사설시조는 확장과 응축의 길항을 통해 우리 시조 미학의 유장한 의미론을 넓히는 데 크게 기여할 것이다.

6. 깊은 곳에서 울려오는 입체적 도록(圖錄)

지금까지 우리가 읽어왔듯이, 이광의 시조는 명료한 의미에 머무르지 않고 다양하기 이를 데 없는 해석 체계에 스스로를 위치시킨다. 그 의미는 어떤 상품 매뉴얼처럼 정리되거나 수학 공식처럼 단일한 정답으로 귀속하지 않는다. 그의 시조는 의미 해석의 구심력과 원심력을 동시에 균형 있게 견지하고 있는 것이다. 우리는 이광의 시조가 가지는 이러한 균형을 수납하고 기리면서, 그의 시조가 생의 활달함을 노래할 때에도 그 안에 비애의 결을 숨기고 있고 슬픔을 담아낼 때에도 삶의 긍정적 전망을 잃지 않는다는 점을 떠올리게 된다. 개별성과 보편성을 통합한 확연한 사례로 다가오는 이광의 시조는 그래서 서정시가 개인적 경험의 산물이면서 동시에 보편적 생의 이법을 노래하는 양식임을 명료하게 알려주고 있는 것이다.

우리 시대를 일러 절멸과 폐허의 시대라고 말하지만 우리는 여전히 서정시를 씀으로써 그러한 세상을 역설적으로 개진

(開陳)하고 견뎌간다. 그 점에서 '시인' 이란, 오랜 시간의 기억을 순간 속에 재구성함으로써 이 절멸과 폐허의 시대를 견디게끔 해주는 언어의 사제일 것이다. 이광 시인은 우리에게 이러한 견딤과 위안을 주는 치유와 긍정의 기록을 이번 시조집에서 충실하고도 심층적으로 보여주었다. 이처럼 그가 들려주는 정형 미학은 다양한 입체적 도록(圖錄)으로서, 가독성과 감동의 내질(內質)에서 단연 아름답고 중중하게 다가온다. "뼈마디 갖춘 말"(「말」)이 전해주는 정형의 극점으로 출간되는 이번 시조집에 더없는 축하를 드리면서, 깊은 곳에서 울려오는 숨소리를 소중하게 간직하면서, 이광 시인이 더욱 아름다운 시상과 언어로 자신만의 정형 미학을 아름답게 열어가기를 마음 깊이 희원해본다.

시와소금 시인선 144

당신, 원본인가요

초판 1쇄 인쇄 2022년 07월 20일
초판 1쇄 발행 2022년 07월 25일

지은이 이 광
펴낸이 임세한
디자인 유재미 정지은

펴낸곳 시와소금
출판등록 2014년 1월 28일 제424호
발행처 강원 춘천시 충혼길20번길 4, 1층 (우24436)
편집실 서울시 중구 퇴계로50길 43-7 (우04618)
팩스겸용 (033)251-1195 / 휴대폰 010-5211-1195
이메일 sisogum@hanmail.net
ISBN 979-11-6325-047-0 03810

값 10,000원

* 이 책의 국립중앙도서관 출판도서목록(CIP)은 서지정보유통지원시스템
  홈페이지(http://seoji.nl.go.kr)와 국가자료공동목록시스템에서 이용하실 수
  있습니다.

부산광역시 BUSAN METROPOLITAN CITY 부산문화재단 BUSAN CULTURAL FOUNDATION

· 이 시조집은 2022년 부산광역시, 부산문화재단 부산문화예술지원사업으로 지원을
  받았습니다.